半田 信和
Handa Shinkazu

詩集 ふたつの時間

竹林館

詩集　ふたつの時間

ひまわりの人に

詩集　ふたつの時間　目次

Ⅱ

ふたりで歩けば

Ⅲ　ふたつの時間

Ⅳ　今日を始める

―序詩―

大きな文字で
短くて
ほっとするもの
病室で読みたい本の
きみのリクエストだった

この条件に合う本を
あちこちさがしたが
なかなか見つからない
ならば
僕が書くしかない
ありったけの愛をこめて

I

きみのこころに

かたくり

ぽつり
ひとり　かたくり

ぽつり　ぽつり
ふたり　かたくり

ぽつぽつ　ぽわぽわ
かたまって　かたくり

おちば　ねむる
ひかげ　かたくり
わかば　めざめる
ひなた　かたくり

うすむらさきの
はるの　おと

春風

二頭のキリンが歩いている
ついんついんと歩いている
二頭は別々のキリンなのだが
同じ足さばきを楽しんでいる
二頭はたまたま同じ星に生まれ
同じ季節を歩いているので

春風を食べると
重力は半分になるね

このステップなら
けっこう行けそうだね

そんなことを話しながら
二頭のキリンが歩いている

アシカ

あしか
てか
わからないけど
ぐいっと
みずをつかんで
すーっと
すすむ

みずからでて
ふいーっと
いきをはくと
あしか
てで
だいちをけって
すいーっと
そらへ

あ
しかだ

あめんぼ

あめんぼ　あめんぼ
つーい　つい
あさは　あわてて
つーい　つい
わすれもの　する
つーい　つい

あめんぼ　あめんぼ
つーい　つい

ひるは　ひたすら
つーい　つい
たまに　ひるねを
すーい　すい

あめんぼ　あめんぼ
つーい　つい
よるは　ゆったり
つーい　つい
ほしを　ながめて
つーい　つい

推敲

削って
削って
ほんとうに必要なものだけを
残す

とすると
まず削るのは
「俺」だな

茄子とパプリカ

庭に出て
なすべきことを考える
風の中でも
きりりと茄子紺

となりで笑う
赤パプリカ黄パプリカ

なすべきことは
ただ一つ

目にもおいしい
ピリ辛みそ炒め

おりょうり

石ころと小枝
ヤマボウシの実で
何つくってるの

にじを　つくってます
どうぞ　めしあがれ

迷路

おとなには見えない路が
不意に現れることがある
向日葵より背の低いこどもが
歌いながら歩くと

ツクツクボウシは知っている

ツクツクボウシは知っている
一つの夏が過ぎてゆくこと

青い空に水を撒いたら
小さな虹ができたこと

こぼれた種から芽生えたアサガオが
フェンスに這いのぼって咲いたこと

ツクツクボウシは知っている
なんでもない、一つの夏が過ぎてゆくこと

はじめて燃える花火を手にした子が
目をまんまるにしたこと

おねえちゃんの風を追いかけて
赤ちゃんが這いはじめたこと

ツクツクボウシは知っている
なんでもない、一度きりの夏が過ぎてゆくこと

ゆうひ

ゆうひが　きれいだよ
夕日を指さして　きみは言う
そらが　あったかいな
きみはことばで　空にさわる

ひこうきぶーん　やって
あかね色の　雲が流れてゆく
いっしょに　こーひーのみましょ
一歳のきみは　牛乳だけどね

今日はここに

たのしいことに心を向けよう
つめたい風が吹いている日も
うつくしいものに心を向けよう
それが枯木の姿をしていても

＊

昨日いなかった花が
今日はここにいる

すずしい顔して

明日のことはわからないけど
今日はここにいる
すずしく香って

*

あったかい歌を飛ばそう
やまもみじが見上げる空へ

それからゆっくり
明日へ向かおう

Ⅱ

ふたりで歩けば

通路

お孫ちゃんにランドセルを買ってあげること
まずはそれを目標にしましょう
生真面目な主治医の説明の後
快活な看護師長が妻に言った
がんセンターへの通路は
やけに明るかった

七五三詣りの日

さっきまで跳びはねていた三歳が
神妙な顔で絵馬を奉納し
僕は妻に手渡す御守を受けた
祈りの千羽鶴が飾られた境内は
やけに明るかった

いかり草

うすみどりの
ときがながれる
やまみちのほとりに
まっしろな
こころをおろす

葵祭の頃

立砂《たてずな》

砂遊びを極めれば
散歩中の神様が
ふらりと立ち寄るかもしれない

神馬《しんめ》

好きだよ
人参スライス
体にもいいし
と
やさしい眼が語った

流鏑馬《やぶさめ》

的を射抜くかどうか
ではなく
人と馬が息を合わせ
一振の弓になる瞬間を
神様は楽しんでいる

霊験《れいげん》

ここまで来たからいいや
という気分になる
ちょっとおちゃめな
神様の顔を見ていると

杜若《かきつばた》

声は響けど姿は見えず
大田ノ沢のタゴガエル
恥ずかしがりやのいい声は
耳で見てねと鳴いている

芍薬《しゃくやく》

その根は
体のこわばりをとき
その花は
心のこわばりをとく

にわとり鉾《ほこ》

七月の陽射しと
祇園囃子のあわいに
僕は一人の若者の姿を追う

四条烏丸
白い法被に「鶏」の一字
すっきりと赤い笠
にわとり鉾の曳き手の一人として
彼はそこにいた
静かな意志を持って
沿道を埋める観客の一人となって

僕は見つめる
彼が握った綱の先にあるもの
僕は聴く
彼の腕に響く
新しい夏

細やかな異国の織物と
人々の祈りを纏った山鉾が
ゆったりと過ぎてゆく
赤い笠の曳き手たちの
それぞれの
始まりのほうへ

大花火

羽が一枚降ってきた
足羽川原《あすわがわら》の大花火に応えて
不死鳥がはばたいたのだ

宇治へ

鳳凰のはばたきを映す池には
亀が渋い顔で今日を泳いでいる
一羽の蒼鷺が池のほとりに佇み
明日飛ぶ空を想っている

*

朝霧橋から
宇治川を渡る電車を見る
水量を増した流れは
焙じ茶ラテの色だ

*

見返り兎が案内するほうへ
進むかどうか
決めるのは
君だ

*

お待たせしました
抹茶たっぷりかけますね

緑陰や抹茶ソフトのほろ苦さ

鞍馬へ

木の根道でカメラを向けると
妻は息をととのえ
いくつかヨガのポーズをとった
その視線はレンズにではなく
自らの内側に向けられていた

森の時間にしっかりと根を張る
木々のいのちを感じながら
僕は何度かシャッターを切った
今この時をていねいに写すこと
それが僕の祈り方だった

説法

鈴虫の
すずの音のなか
やわらかく
今という文字
みつめるひとよ

赤兎《あかうさぎ》へ

兎年の秋に
僕らはその背中を歩いた
明るく澄んだ空と
ぬかるんだ山道を

慎重に
一万数千歩
野兎のような時の流れと
さまざまな葉っぱたちに
あいさつしながら

Ⅲ

ふたつの時間

風花の朝

丈競《たけくらべ》山を眺めながら
きみに残された時間を思う
僕に残された時間を思う

ふたつの時間はこれから
どれくらい重なるのだろう
青空をきらきら映す雪片と
どす黒い雲が
僕らの頭上で重なっている

ひまわりの人

僕らの姪っ子の一人は
看護学科の学生で
絵がとても上手い
彼女が僕ら家族の顔を
色紙に描いてくれた

どれもよく似ている
特にきみの明るい顔
ああそうだった
きみは冬でも
ひまわりの人だったのだ

笑顔

血を吐いたあとで
ベッドのきみは
笑ってピースをした
みんなで写真を撮ろう
と娘が言ったときだ

息子が母に活けた花を持ち
夫が孫を抱き
娘が自撮りで連写する
久しぶりの笑顔だ
きみが愛した
家族の笑顔だ

ほほえみ

今日は白山がくっきりと見える
気持ちのいい空だよ、と言うと
ベッドのきみはほほえむ

きみは大口開けて
あははははと笑う人だったけど

ほほえむ口元もなかなかいい

大笑いは
今をがしっとつかむこと
ほほえみは
今をそっと受けとめること
悔しさは悔しさのまま

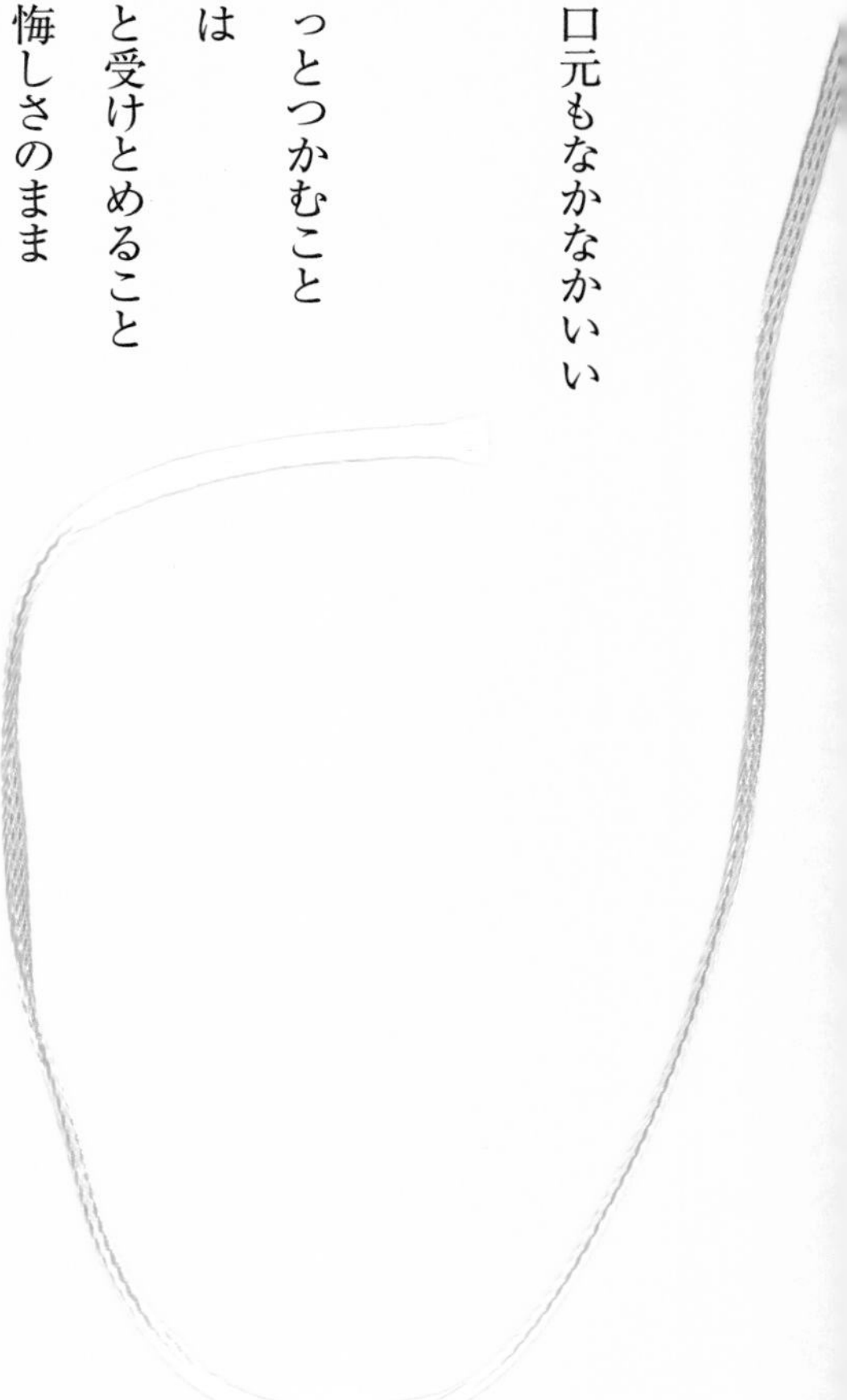

冬の月

きみはよく響く声を持っていた
歌うことが大好きだった
その声が出せなくなった
もっともっと歌いたいのに

かすれたかすかな声で
きみは懸命に歌う

その唇に耳を寄せ
僕は懸命に聴く

冬の月のような
きみのいのちの歌を聴く

時の歌

娘や息子がベッドサイドに来ると
きみは細い腕をのばす
眠りにつくときも
きみは天に腕をのばす

それは指揮者のしぐさに見える
歌い手の最良の声をひきだすしぐさだ

眠りの中でも腕をのばして
きみは指揮しているのだ

きみのからだを静かに流れる
時の歌を

元日

きみと僕は
病室で新年を迎えた
娘から今朝の虹の写真が届いた
スマートフォンの画面を向けると
きみは「見えた」とささやいた

そう
確かに見えたのだ
新たなるいのちのひびき初明り

外へ

今朝は天気がいいので
外を少し歩く
日差しがまぶしく
空気はきりりとしている
日陰の水たまりに氷が張っている

仕事の電話を二本かけて
暖かい病室にもどると
きみがいる
規則的に呼吸している
外のまぶしさを
きみに話す

返事

きみの弟が病室に来て
そっと話しかけた
「姉さん、来たよ」
きみは返事をしなかったが
目尻に涙がにじんだ
わかったのだと思う

音楽

星の夜が明けた
きみの熱が下がらない
体温調節ができなくなっている
その事実を受けとめるために
僕は空を見上げる
きみの好きな音楽を流す

鳥

朝が来た
外は雨だけど
ふたりの朝だ

雨の中を
ぱたぱた横切る鳥がいる
不格好だけど
誠実に飛んでいる

距離

息がだんだん遠くなる
きみがだんだん遠くなる
その手を握り
その名を呼び

僕はふたつの時間を
引きよせようとするが
きみは静かに遠くなる

Ⅳ

今日を始める

花

1

ここに　うまれ
ここに　みち
ここに　とどまらぬ
ときの　さざなみ

ここに　ほころび
ここに　あそび
ここに　きえる
ひかりの　おと

2

あしたきみに
あいにゆこう
そうおもいたった
きょうはしあわせだ

あしたきみに
あえなくても

遺影

睡蓮の池を背景に
きみはやわらかく笑っていた
モネが描いた光のように

この光を浴びたのは七カ月前
きみの足どりはかろやかだった
先の見えない心を抱えていても

確かなことは
ここに薫り立つ光があること
ファインダーの中にきみがいること

僕らの記憶の池に咲く
一枚の絵があること
ただそれだけだった

碧空《あおぞら》

葬儀の日に
娘が写した空
昼の月の横で

お母さんが笑っている
そんな気がするという

きっとそうだ

だいじょうぶ

二歳の幼児が
小さな人形を寝かせて
お世話している

ばあばちゃん　おひるね
よしよし　だいじょうぶだよ

毎日ママといっしょに
病室へ通ったことを
おぼえているのだ

不在

御朱印　御守　御札
いっぱいたまったな

それらできみを地上につなぎとめる
ことはできなかったが

楽しかったな
ふたりで歩いた時間

歩幅も好みも違う僕らが
同じ願いを歩いた道

その道をもう一度
歩く日が来るのだろうか

きみの不在を
踏みしめながら

手紙

かなしいくらい
透きとおった空だ
こんな日は
近所をぽちぽち歩いてから
短い手紙を書こう
空をずんずん歩くきみに

明日の音

お若いからきれいに残ってますね
そう言われて小瓶に入れた
きみの指先の骨

抗癌剤の影響できみの手は黒ずんでいたが
その指先から生まれるピアノの音は
いつも明日のほうを向いていた

指仏《ゆびぼとけ》という名の
きみの欠片は
鞄に入れて持ち歩くこともできる

僕が今日の道端でへたりこんでいたら
真っ白なきみの指先が
明日の音を奏でてくれるかもしれない

忌明け

明け方の夢に
きみがいた
ジャージ姿でソファに座っていた
点滴の管も歩行器もなかった

今日はどこまで歩こうか
思いを巡らせている顔だった
よし、つきあうよ
話しかけようとしたら
きみはいなかった

クロッカス

きみの足音が残る庭に
黄色い蕾が灯った

ともあれ
新しい今日を始めようと
つぶやくみたいに

新しい時へ

輝く空に
ブルーインパルスが描く
新しい時を
きみとつながる
小さな瞳が見つめている

いつもなら
いちばんはしゃいでいるはずの
きみの声はなく
足羽川原には
菜の花が揺れている

はるいろ

その　いろに　ふれれば
また　はじめることが　できる
その　かたちに　ふれれば
また　ほほえむことが　できる

＊

あかい　かぶ　おいしいね
しろい　かぶ　おいしいね
かぶの　はな　おどってるね

＊

はとが　めを　さますと
はっぱのこが　のびをする
はとが　こえを　ころがすと
せかいが　みみを　すます

＊

ひらり　ひらり
すぎなの　はやしを
るるり　るるり
すりぬけていくのは
だれの　はね？

あとがき

ありがとう　僕と出会ってくれて
ありがとう　きみがきみでいてくれて

このことばを妻 由美に伝えるために、僕は本書を編んだ。

重い病と闘う妻のこころを少しでも温めようと紡いだ詩。

抗癌剤治療の合間に、ふたりで歩いたときに見つけた詩。

最後の入院となった緩和ケア病棟で、ふたつの時間を見つめた詩。

そして、もうあの明るい声を聞くことはできないのだという事実を、静かに受けとめるための詩。

同じ空の下で同じ花を見ても、妻には妻の、僕には僕の感じ方があった。

その違いの中に詩の種はあったのだと、いま改めて思う。

小さな花を包むことば
大きな空に包まれることば
それを記すのが
この星を愛すること

本書の出版に際しては、竹林館の皆様の丁寧なサポートをいただきました。
ありがとうございました。

二〇二四年　夏

半田信和

半田 信和（はんだ しんかず）

1958 年　福井県生まれ
2014 年　詩集『ひかりのうつわ』（土曜美術社出版販売）
　　　　第 18 回日本自費出版文化賞特別賞
2018 年　詩集『たとえば一人のランナーが』（竹林館）
　　　　第 23 回三越左千夫少年詩賞
2021 年　詩集『ギンモクセイの枝先に』（銀の鈴社）
　　　　全国学校図書館協議会選定・日本子どもの本研究会選定
2023 年　第 11 回小松ビジュアル俳句コンテスト「三度目の夏をぐいぐい登りゆく」で森村誠一記念賞（芭蕉賞）

住所　〒 919-0515 福井県坂井市坂井町若宮 14-1-5

詩集　ふたつの時間

2024 年 7 月 1 日　第 1 刷発行

著　者　半田信和

発行人　左子真由美
発行所　㈱ 竹林館
　　〒 530-0044　大阪市北区東天満 2-9-4　千代田ビル東館 7 階 FG
　　Tel　06-4801-6111　Fax　06-4801-6112
　　郵便振替　00980-9-44593　URL http://www.chikurinkan.co.jp
印刷・製本　モリモト印刷株式会社
　　〒 162-0813 東京都新宿区東五軒町 3-19

ISBN978-4-86000-518-4　C0092

定価はカバーに表示しています。落丁・乱丁はお取り替えいたします。